丈高い赤いカンナの花よ

竹林館

詩集　丈高い赤いカンナの花よ　目次

蝋燭　7
風花　8
空を飛ぶ　10
停車場　12
ささやかな贈り物　14
超新星　16
花筏　18
ある一つのシュールな暗喩　―ファシズムの育て方について　22
雪のペッチラさん　24
わたしの海　28
記憶の効用　30
管弦楽　32
陰・影と光　34
花屋　36
香るひと　38
音楽　42

旅　46
希望　48
恋文　50
朱雀　―奈良県明日香村の石舞台古墳にて　52
食卓の紅い林檎　54
片恋　56
それは　58
ゴム巻き飛行機　62
アンスリウム・アンドレアーヌム　64
夢の結晶　66
丈高い赤いカンナの花よ　70
白蝶草《はくちょうそう》　74
八月のボレロ　76

解説　吉田定一「佐古祐二詩集『丈高い赤いカンナの花よ』を愛でる」　79
あとがき　90

丈高い赤いカンナの花よ

蝋燭

吹く風もないのに
みずから
かすかにゆらぎつつ
（それは　生きているということ）
たった一つ
闇のなか
燃え尽きることを怖れず
一心に強く
そこだけ明るむように
燃えている

風花

遠い空からこぼれ落ちてくる
晴れた日の
雪のかけらは
あかるい日差しのなか
煌めいては地に落ち
一瞬のうちに消えてしまう

風吹けば
ゆくえ定まることなく舞いくるい

町の通りを駆けぬけてゆく
少女の
赤いニット帽と
まぶしいふくらはぎの
周りをくるくると
子犬のように親しくじゃれている

金色の時間のなかで

空を飛ぶ

風を抱いて
空高く翼を広げて飛ぶ
あの鳥のように
ぼくは
子どものころ
空を飛んだことがある

　どっどど　どどうど　どどうど　どどう

波打つ草原を掠め飛んでいく
風の又三郎だ！

ぼくは
こんもりと盛り上がった古墳の緑を過ぎ
港のちいさな白い灯台まで
一足飛び
さらに　青く輝く大海原へ

きっと夢だったに違いないのだが
確かに飛んだ

その感触を胸の奥深く蔵《しま》いこんで

ぼくは　今
通勤電車の吊り革にぶらさがっている

停車場

心の重荷を降ろせる停車場はないものか
あるいは
そこに行けば私を待っていてくれる人がいる
そんな停車場はないものか

私には
荷物を積み込むだけの
空虚ばかりが待っている
そんな停車場しかないようだ

ただ
列車をやり過ごすための待避場のある停車場では
暫しの間
そよ吹く風にこの身を浸していることはできる

休んでいる私に
停車場を見下ろしている天空の存在から
走りだす先を指し示す信号が
送られてくることがある

ささやかな贈り物

ピンヒールのニーハイルーズブーツで
颯爽と闊歩するフレアミニの娘は
くびれの上に
ハッとするほど
美しいたくらみをかくしている
歩を進めるたびに
はずむ巻き毛は
まだ人の踏み入ることのない山の稜線を
やさしくかすめては愛撫する
今まさに春風に舞うさくらの花びらのように
ふりかえった笑顔の

どきりとする眩しさよ

おどろいたことに
くたびれた男の枯れ果てたと思われた心にも
まだ水がどこからか
人知れず湧き続けていたか
小石がひとつ擲《な》げ入れられたように
波紋がまるく広がってゆく
しばらくはその広がりを愉《たの》しむゆとりを
初老ともいうべき男は既に携えていて
むろん間もなく静まりかえってしまうのだが
からだのどこか片隅に
ぽっと
花あかりが点《とも》り続けているのは

超新星

星のひかりは漆黒の空に高く美しく輝いている
ひときわ明るく他を圧倒している星がある
今あそこで輝く星はとうの昔に消滅しているにちがいない
そのようにぼくの希望もまぼろしなのか
いや　確かにある
砂塵となって広大な宇宙にひろがってさえいるのだ

花筏

会社で徹夜したぼくは
高層ビルの窓から朝の街を見下ろしている

折しも激しく降りだした雨脚に
傘がいっせいに開いて
御堂筋を流れてゆく
オフィス街に働く女性たちの
雨傘の群は
今はやりの〈女子会〉のおしゃべりのようで
華やいでいる

が
ひとつひとつの花明りの下
彼女らの心のなかは
華やぎとはうらはらに
会社での
理不尽な嫌がらせや噂
上司の心ない言葉の飛礫《つぶて》に
覆う傘さえなく
そぼ濡れているものもあるであろう
上司たちにしても
日日達成しなければならない
度外れたノルマに
押し潰されそうになって
彼女らの心のなかを思いやるゆとりを

失っているのかもしれない

おびただしい雨粒が落ちてゆく………

男たちの蝙蝠傘の暗き流れのなか
彼女らの傘は
それでも
ひととき
花筏となって
ぼくの心をなごませて流れてゆく

ある一つのシュールな暗喩
――ファシズムの育て方について

散歩する。
いつもの道をどこでどう外れてしまったか。
初めて見る池が広がり、季節はずれのハスの花が開いている。
置き石に、コサギが佇み白い頭をきょときょとさせている。
（おお、さぶっ！）
そろそろ冷え込む季節だとはいえ、尋常ではない寒風吹きすさぶ。
上着の襟をかき合わせる。
と、後ろから、駆け足の音が近づく。
通り過ぎてゆく足許は、今流行りのジョギング・シューズ。

すらっとした生脚《なまあし》。
赤いショートパンツにタンクトップ。
（この寒いのに…）と視線を上げていって…
ぎょっ！
女は、私をすでに通り越してあちら向きであるはず。
なのに、私と正対してまっすぐに見て微笑んでいる。
顔を後ろにつけて、走っていくのだ。
（夢か）
と訝っていると、次から次へと、
何人ものポニーテールの女が顔を私に向けて駆けていく。
（間違っているのは、顔を正面に散歩している私のほうだろうか。）

雪のペッチラさん

庭も
道も
家々の屋根も
一面ぜんぶが真っ白
朝
目がさめて
ちいさな子どもたちは
外に飛び出しはしゃぎまわる

そういえば

随分前のこと
保育園で習ってきた歌の一節
〝ゆ〜きのペッチラさんは…♪〟って
楽しげに大きな声で
歌っていたね
「ペッチラさん」ってなんだろうねって
しばらくの間
話題になった

〝ゆ〜きのペンキ屋さんは…♪〟だっ！
てわかったときのアハ体験

遠いお空の国からやってきた
雪のペンキ屋さん

ひと晩じゅう眠らず頑張った
世界はまた別の新しい世界へと

そんな風に
核兵器も原発もないまったく新しい
世界を実現したい
ひと晩では無理だなんて言わずに
力を集中して

わたしの海

秋が微笑んでいる
かすかに色づく
小高い丘の木木の上で
空は金色だ
小鳥たちは歌っている
日の洩れ落ちる森のなかでは
落葉が
いのちある者たちに
踏まれながらも
大地から身を起こし

舞い始める
わたしの思いも
傷ついた翼を広げて
かなしみのなかから飛び立つ
わたしの海は夢見る
ほんのりと起伏するやわらかさを
ふうわりと通りすがる歓びを
それらは
弦楽器の狂おしい旋律となって
空高く舞い上がる

記憶の効用

私たちは
美しいものに出逢ったとき
おお
瞬間よ
そのまま止まれと願う
だが　現実は既に終わって
過ぎ去っている
美しい幸福のすべては
運び去られる

そうだろうか
瞬間は現実であることによって

記憶の襞に刻み込まれる
ストア派の人びとは
生涯に一度幸福なら
一生幸福である
と教えた
現実はそれを不滅のものにする命を持つ
私たちが現実を生きるのではなく
現実が私たちのなかで生きている

だから
瞬間を大事にしようと思う
幸福は時の表面にある
いつか生きようとするのでなく
今すぐ生きるのだ

管弦楽

山を背にして
漁船が肩を並べて碇泊している
冬の日が翳《かげ》を作りだし
人びとは漁網の修理に余念がない
海に迫る斜面には
玩具《おもちゃ》の積木細工のように
家々と日々のくらしがへばりついている
ユリカモメの群れが風を受けながら舞っている
やつらの飛ぶ様は
天の指揮棒に操られたように
変化しながらも一つの諧調をなしている

陰・影と光

古びたビルの夜のアトリエで
女のトルソーを
デッサンする
ランプの灯りに
対象は浮かび上がる
描くのは
立体の陰であり影である
光があたっている
ハイライトは
描かずに残す

陰も影も
光がなければ存在できない
光は
明るければ明るいほど
自らどこを向いているか
見失うときがある
その時
陰や影は
光が向いている方向を光に
気づかせてくれる

注　トルソー
首および四肢を欠く胴体だけの彫像。

花屋

屈託の夜の歩みに
街の一角が明るんでいる
花屋には
とりどりの花がにぎやかだ

若い娘たちが
おしゃべりしているようで
精気あふれる様は
僕にはまぶし過ぎる

店先の明かりに
悩ましい心ごころをうち捨て
花々の美しい精に
見入って後

街角を曲がると
通りはさらに暗いものの
かなしみの中にも
ほの明るい心を運んでいる

香るひと

海へと連なる
異人館のある坂道を
澄んだ瞳の奥に
上品な色めきさえ湛えて
美しいひとは
午後のやわらかな日差しを肩に
ゆるやかな足取りで降りてくる

栗色のショートカットの
そのひとは

明るいジョーンブリアンの
スプリングコートの裾を
春の風にひるがえし
白いシフォンのスカーフを
襟元にのぞかせて

あゝ
いい匂いがしそうな風景だ
と思いながら
すれちがう

瞬間
わたしの鼻先を
ふわりと撫でてゆく

大人びた少女の声のように
生き生きとしていながらハスキーで
抑揚があり
ちょっと移り気な香りが

注　ジョーンブリアン
　　輝く黄色。

音楽

ささやかな日常に
誰かが言ったちょっとした言葉に
本や映画の中の台詞に
空や
海や
犬や
猫や
草木や
夕焼けに

音楽がある

音が出る一歩手前の沈黙のなかに
音を出す一歩手前の息遣いのなかに

音楽がある

声もなく
溢れるなみだに

音楽がある

塗りつぶされた黒い画面のなかを
くちびるから

空間に
か
す
か
に
流れ出す
白い粒子のような
かなしく色っぽい
最弱音《ピアニッシモ》の音に
音楽がある

旅

ここではない
どこかへゆくこと
日常の扉を開けて
新しい風を感じること
雲の切れ間にのぞく
空の色のように
いつもとは違った空を
仰ぎみること
まっすぐ延びる線路の
消失点の向こうに

何があるかを空想すること
見知らぬ多くの人に出会って
笑みがこぼれること
いずれは
漆黒の宇宙へと
飛び出すことさえあるだろう
しかし
旅は単なる冒険ではない
未知との遭遇で得るであろう
何ものかを懐に
日常へと回帰すること
そして
それは
別の日常へと旅立つこと

希望

椿の花が
真っ赤にこぼれた
黒い地面を
青く光る蜥蜴がよぎっていく
長い尾を
ひきずりながら

それは
病苦の湖底に沈められた
あの日の

わが身に残された
隠微な希望にほかならない

恋文

まるいものが好きです
朝が明けて昇ってくる太陽
日差しのなかのまっかなリンゴ
「あ」や「ゆ」や「る」などのひらがな
午下がりのテニスコートに忘れられた黄緑色のボール
月の地平のかなたに　でっかく輝く青い地球
こわれかけたレトロなデザインのラジオ
もういいかい　まあだだよ
と遊んだ路地裏の記憶
おはよう

と言う
あなたの声
僕はまるいものが好きです

朱雀

――奈良県明日香村の石舞台古墳にて

緑なす山々に囲まれ
隆起する積乱雲のもと

七七トンもの岩塊を
素手で運ばされ
血を流した人々の
幾万の魂は

じりじりと焼けた大地を

蹴破り
痛苦と憤怒の叫びをあげながら
今
眼前を
一羽の巨大な
火の鳥となって飛び立ってゆく

注
盛土が喪われて、横穴式石室が露出している古墳で、「石舞台」と呼ばれる。石舞台の天井岩の重量は約七七トンである。「石舞台」という呼称は、この天上岩の上で、月夜の晩に狐が女人の姿となって舞い踊ったことからの命名といわれているが、この近くで生まれ育った考古学者である網干善教によれば、近時、作られた話とされる。

食卓の紅い林檎

未来は
　遅々として来ず
過去は
　あまりにも早く過ぎゆく
つまらない後悔が
　過去へ戻ろうとし
いたずらな希望が
　未来へ飛び去ってゆこうとする

（自らのものでない時間のなかを彷徨ってばかり）

よく磨かれた木の食卓の上
朝の太陽と風を受け
くっきり縁取られて在る
紅い林檎が
まるで見えないのか
きみは
いつまでたっても
果実の意味を知らずにいる

片恋

遠いとおい空の向こう
はんなりふるふる降るものがある
燐寸《マッチ》の熱き炎に焦れる指のように
この胸のときめきは
とてつもなく苦渋に充ちているというのに
深いふかい湖《うみ》の底
すきとおるものばかりが漲っている

それは

妙なもの
心悲《うらがな》しいもの
無口になるもの
内緒
馬鹿げたもの
悩みのたね
きらびやかなもの
つつましいもの
涙ぐむもの
陽気なもの

よいのかわるいのか
イチかバチかやってみるもの
ゆらぎ
胸苦しいもの
放埓なもの
手に負えないもの
落ちるもの
身悶えするもの
狂おしいもの

だが
これだけは
はっきりしている

美しくすてきなもの

それは

恋

ゴム巻き飛行機

小学校高学年のとき　ゴム巻き飛行機をつくった　ゴム動力飛行機とかライトプレーンとか呼ばれるあれである　バランスを崩さないように慎重に精確に組み立て　軽い材質の薄い翼を枠に貼り付けて完成させる　飛ばし方も工夫する　飛ばす際の仰角　風向き　諸々を考えて試す　幾度も幾度も試す　そうするうちに飛行距離は徐々に　そして格段に伸びていった　ゴムは切断する寸前まで巻くのが飛行距離を最大化するコツである　ゴムが一重だとすぐ切れるので二重にする　その分重量が増すので増やせばよいというものではない　ゴムを巻きあげる釣りのリールのような道具があって手巻きより数倍は早く巻きあがる　機はぼくの愛機となった　ある日　小学

校のグランドに隣接する広大な更地があり　そこで愛機を例によって飛ばした　ちょうどいい塩梅の風が吹いており　愛機は高く高く上昇するとともにまっすぐに飛んでいく　いつもならゴム動力が尽きて地上へと還ってくる頃である　だが　機はまだ飛行を続けている　だんだんと機影は小さくなっていく　まるで自らの意志で飛び始めたかのように　どこまでも飛んでいく　更地を突っ切ったその先は市街地だ　おーい　どこまで行くんだぁ　市街地のその上の空に　あの谷川俊太郎のうたった青い空のどこかに　飛んでいく　ぼくの愛機は　芥子粒のように小さくなっていって　消えてしまった

アンスリウム・アンドレアーヌム

アンスリウムは、広くは、サトイモ科ベニウチワ属植物をいい、熱帯アメリカに五百種以上が分布する。長い花梗の先に光沢ある鮮朱紅色、広い心臓形、長さ十センチメートル余りの仏炎苞を生じ、基部に円柱形の肉穂花序が付く。濃緑色の葉は、やはり心臓形で苞の数倍広い。切花用・観賞用に温室で栽培される。
——オオベニウチワは、サトイモ科ベニウチワ属植物の代表だ。

アンスリウム・アンドレアーヌム、アンスリウム・アンドレアーヌム、アンスリウム・アンドレアーヌム、アンスリウム・アンドレアーヌム、アンスリウム・アンドレアーヌム……

和名オオベニウチワの学名を呪文のようにくり返し唱えながら、清楚な佇まいの瑞々しい女は、敬虔な行いを忠実に実行するかのように、真珠のような clitoris を自慰しては喘ぎ、痙攣しては果てる。その溶けわたる愉悦と、子を産むときのとてつもない苦痛とは、対蹠的でありながら、女の血と肉の神神しいまでの高潮であり、滔滔たる力が漲っている点で、この上なく通底している。

熱帯植物の生命根源の力は、匂う女の奥深くに潜む、生を産み出す豪然たる力そのものだ。

注

花梗《かこう》……花柄。個々の花をつける枝。　仏炎苞《ぶつえんほう》……肉穂花序をつつむ大型の総苞。

肉穂花序《にくすいかじょ》……総穂花序の一。穂状花序に似て、多肉な花軸の周囲に多数の無柄の小花を着生した無限花序。

clitoris《クリトリス》……陰核。　対蹠《たいしょ》……ある事に対して反対であること。正反対。

高潮《こうちょう》……物事の極度。絶頂。　匂う……生き生きとした美しさなどが溢れる意。

夢の結晶

若い日に抱いていた夢を忘れ、忘れていたことさえ忘れていた。抜けるように青い空の下、凍えた池、その傍のプラタナスの並木道を、コートの胸元を掻き抱き、吹きつける風に平行四辺形になって、前のめりに歩く青年の姿を、朝の通勤電車の窓から見るまでは。

いくつもの情景が、脈絡なく現れては消える。空爆反対のデモでシュプレヒコールする姿であったり、集会の壇上から檄を飛ばす姿であったり、生首を片手に笑っている兵士の写真を見ている姿であったり、かと思えば、若き日のあなたと語らっている姿であったり、神田川のメロディーが流れる夕暮の学生街を二人して歩いている姿であったりもする。

あの頃、何かしら胸に抱いていたことを、私は思い出した。だが、それが何であったかは蘇ってこない。心に浮かんでは消える情景の奥の方に隠されているであろう夢の結晶をまさぐるが、つかんだつもりがすぐに溶けていってしまう。雪のかけらのようだ。もどかしくて、叫びだしたくなる。

車内の音は何一つ聞こえない。携帯電話でメールを打ったり、ゲームに興じたりするわずかな音はもちろん、女子高生のおしゃべりの声やどっと上がる笑い声、流れてくる音楽の耳障りなシャカシャカ音、足を踏んだ、踏まないなどとやりあう声、その他諸々の音は私の耳には届かない。私は、しじまの中で青年の姿を追っている。

が、すぐに青年の姿は後ろの方へ飛び去って行ってしまう。と同時に、間もなく終着駅に到着する旨の妙に節回しをつけた車内アナウンスが聞こえる。途端に、様々な音が津波のように一気に押し寄せてくる。窓外の風景はいつもの見慣れたものだ。私は、重い鞄を降ろそうと、網棚に手を伸ばした。

丈高い赤いカンナの花よ

どうかした拍子に思い出すことがある
丈高い赤いカンナの花のことを

まだ年端もいかない頃
日々を過ごした
古びた借家の裏庭に咲いていた
丈高い赤いカンナの花よ
おまえが訪れると　ぼくには
三年前に世を去った母が若く　輝いていたことも
たくましかった父が

建具屋の職人として額に汗して働いていたことも
いっしょに遊んだ女の子の　はにかんだような笑顔も
まざまざとよみがえってきて
たとえば
明日から幼稚園　という春の日に
なぜか心細くなって泣きとおし
そのまま寝入ってしまった夜のことも
それなのに
若くやさしい娘のような受持ちの先生に憧れて
嬉々として通うようになったことさえ
鮮やかに思い出されるのだ

遠い旅路の想い出の品のように
普段は

奥深い場所に大事にしまわれて
忘れられてしまっているものたちよ
ぼくのなかに降り積もって融けることのない
記憶の根雪が
静かな光を浴びて明るんでいる

丈高い赤いカンナの花が
どうかした拍子にぼくを訪れるのだ

白蝶草《はくちょうそう》

真夏の暑い日差しに晒されて立つ
白蝶草
長く柔らかな茎が
手を空に広げるように伸びて
尖端に
一つひとつ
小さな白い花をつけている

たっぷりと水を遣る
根が水を飲む
それは

見えない
だが確かに
茎は活き活きとし
たくさんの蝶が舞っているようだ

それは
見方を変えれば
茎が撓《しな》って
風さえ押し戻しているようでもある

自然体でありつつ
押し戻す力を秘めた
そのような個我で
私もありたい

注　白蝶草
ガウラ。別名、ハクチョウソウ、ヤマモモソウ。
学名は Gaura lindheimeri。
白い花をつけるものと桃色の花をつけるものとがある。
夏の暑気にも芯の強さをもって長く花を咲かせる。花は
四枚の花弁と触角のような蕊があり、ちょうど蝶の形に
似ている。

八月のボレロ

透析に通う
送迎車にゆられ
窓外に流れ過ぎていく
ある秋の日の
朝の風景
街路樹の欅は
高層住宅の陰になって
色づく葉も暗く沈んでいる

だが
日の光が
そこだけ当たって

美しく輝くもみじ葉の一角が
一瞬
目の中に飛び込んできて
燃え上がるいのちの眩しさに
射られて目を閉じる

と出し抜けに
八月の海辺に佇む僕がいて
烈しい潮風に
しぶきが飛び
盛り上がっては崩れ落ちる
波の轟きが
高まりゆくボレロの旋律のように
耳を覆い尽くしたのだ

解説

吉田定一

佐古祐二詩集『丈高い赤いカンナの花よ』を愛でる

未見の世界を視るという働きを詩人はことばの器に求めてはいるが、しかし見てはいても何も視えてはいなかったのではなかったかという気づきを、移りゆく歳月が気づかせてくれるということがある。それは、歳を積み重ねて初めて知らされる真実の容姿《すがた》というものであろう。本詩集の詩篇たちは、時にそうして詩の高みへと読者を誘ってくれる。

よく磨かれた木の食卓の上
朝の太陽と颪を受け
くっきり縁取られて在る
紅い林檎が
まるで見えないのか
きみは
いつまでたっても
果実の意味を知らずにいる

（「食卓の紅い林檎」終連）

そこに存在する。そうして在るということの驚きに似た深い気づき・出会いが、詩人の実存を呼び起こし、対象・現実へのよりつよい意識、ふかい認識・心の眼差しを誘い心身をときめかす。そしてより詩篇たちを芳醇なものにする。しかもヴィヴィッドかつ爽やかに無垢な衣装を纏って、それぞれの詩に、詩人の胸の内がふり注がれる…。

詩「食卓の紅い林檎」でいうならば、「朝の太陽と風を受け／くっきり縁取られて在る」紅い林檎は、なにものにも囚われずにそこに在る。何という自由。現実そのままが完全なもののようにして、ありのままの姿を現しながらそこに在る。そうして目前にくっきりと現している林檎の生の姿。川面に映る月は流されることがないように、周りの現実に流されずに自分をもってそこに在る。そんな「紅い林檎が／まるで見えないのか／きみは／いつまでたっても／果実の意味を知らずにいる」のかと、「(自らのものでない時間のなかを彷徨ってばかり)」いるひとの胸に投げかけられる。そしてはっと気づかされて、心静かな自身への深遠へと立ち向かわせる。そうした自身に向けられた問いかけ・気づきから、詩は、いや自分自身がなりたっているともいえる…。この度の詩集には、「心の重荷」を脱ぎ捨てて、少年のような無垢な清純な魂を蘇生させたような詩篇が多々見られる。その感性のしなやかさが詩にリリシズムを湛えていて、極めて清冽な抒情を生んでいる。

本詩集には二十九篇の詩が収められている。その背後には、陽の目を見なかった数多くの詩篇があったと編集人から聞いている。所収されず拾われなかった詩たちが、詩集『丈高い赤いカンナの花よ』をそっと支えているに違いない。それ故に、陽の光で隠れた星たちが、青空を支えているように、目次に一列に並んだ詩篇たちは、青空のような清々しさを呼んでいる。巻頭に置かれた「蝋燭」という詩篇がある。

吹く風もないのに
みずから
かすかにゆらぎつつ
（それは　生きているということ）
たった一つ
闇のなか
燃え尽きることを怖れず
一心に強く
そこだけ明るむように
燃えている

「闇のなか」で灯りを点す蝋燭、その存在をことばで描いた一枚の絵のような詩だ。蝋燭を喩として仮託した、誰もが知る寡黙な詩人・佐古祐二の自画像のようでもある。「みずから／かすかにゆらぎつつ」「燃え尽きることを怖れず」に、ひとり静かに孤独な生の炎を点している。多くを語ることを拒絶した強い生への意識が、ここにある。

遠いとおい空の向こう
はんなりふるふる降るものがある
燐寸《マッチ》の熱き炎に焦れる指のように

この胸のときめきは
とてつもなく苦渋に充ちているというのに

深いふかい湖《うみ》の底
すきとおるものばかりが漲っている

この詩の表題は「片恋」。内容に照らしてみると、実にスマートでおしゃれな表題の感を深くする。光り降る遥かな空の向こう…。「はんなりふるふる降るものがある」。恋人への面影だろうか。かの人へのときめき、憧れ。現実のときめきは「苦渋に充ちているというのに」、苦渋とは無縁な空。その空の湖底に、「すきとおるものばかりが漲っている」。その空への恋慕は、永遠への憧れである故に、「この胸のときめき」は、常に「片恋」の悲しみでしかない。

この二篇は、自身の胸の裡にある詩への序章《プロローグ》を告げるかのようにそれとなく、いま在る詩人の「生」と「孤独」、そして「悲しみ・永遠」が告げられているが如くに感じられ、この詩集の幕がそこから開かれていく想いを強くさせる…。

またこの所収詩のなかに、特異な表情を持った詩が収められている。詩「ある一つのシュールな暗喩――ファシズムの育て方について」だ。前掲の詩は、詩人の内なる顔―実存・自我をやや感傷的に語っているとすれば、この詩篇は、人間自我とは相対的に位置する時代状況―現実のシチュエィションを巧みな手法で語ってみせている。今日の時代状況は、戦後の平和を揺るがすような不安な不気味な右傾化状況を創り出している。この詩は、こうして「ファシズム」が育っていくのかと憂いつつ、「ある一つのシュールな暗喩」としての不気味な像―イメージを詩人をして、想起させ結ばせた詩といえる。

散歩する。
（中略）
そろそろ冷え込む季節だとはいえ、尋常ではない寒風吹きすさぶ。
上着の襟をかき合わせる。
と、後ろから、駆け足の音が近づく。
（中略）
ぎょっ！
女は、私をすでに通り越してあちら向きであるはず。
なのに、私と正対してまっすぐに見て微笑んでいる。
顔を後ろにつけて、走っていくのだ。
（夢か）
と訝っていると、次から次へと、
何人ものポニーテールの女が顔を私に向けて駆けていく。
（間違っているのは、顔を正面に散歩している私のほうだろうか。）

多くを語ることもないだろう。このイメージは、今の時代、改憲勢力が護憲を遥かに超えた現代のひずみ・時空を象徴していてあまりある。「（間違っているのは、顔を正面に散歩している私のほうだろうか。）」と錯覚するほど、詩人の視るという行為には、内的な幻想が絶えず参加しているという構造を持っている…。

佐古さんの詩は、何気ない日常のなかにある。何気ない日常のなかで目に留める木々や花、そして行き交いすれ違う名もないひとを記憶の淵に留める、その気づきのなかに、その目に留めた一瞬の幸せのなかに意味を授けて、一篇の詩に置き換える。そして未知な読者に希望の花を添える。そんな何気ないなかに詩人は、生きる確かな生の旋律を奏でて、意味を求め深めていく。つまり詩人・佐古祐二という人間は、観念的思弁に安住しているのではなく、社会的現実に直面しその現象に向かって居るわけでもなく、人間現実の条件に立ち向いて言葉を紡いでいる詩人といえる。それは必然的に形成されていくであろう「幸福《しあわせ》」と「自由」への呼びかけを詩的感性で明らかにしていくということではないか。この度の所収詩の多くがそのことを明かしている。「記憶の効用」という詩がある。

私たちは
美しいものに出逢ったとき
おお
瞬間よ
そのまま止まれと願う
（中略）
瞬間は現実であることによって
記憶の襞に刻み込まれる
ストア派の人びとは
生涯に一度幸福なら

一生幸福である
と教えた
現実はそれを不滅のものにする命を持つ
私たちが現実を生きるのではなく
現実が私たちのなかで生きている

だから
瞬間を大事にしようと思う
幸福は時の表面にある
いつか生きようとするのでなく
今すぐ生きるのだ

この思惟的な詩は、人間現実の条件に立ち向かうそのひとつを明らかにして見せている。「私たちが現実を生きるのではなく／現実が私たちのなかで生きている」と。そして「記憶の効用」における一瞬の「美しい幸福」の具体は、まぎれもなくこの詩集の表題となっている「丈高い赤いカンナの花よ」の一篇にある。詩人は語る。「丈高い赤いカンナの花」を思い起こすと、数々の想い出が引き出されてくると。若く輝いていた母のこと、たくましかった父のこと。幼馴染の女の子、担任の先生等々。

奥深い場所に大事にしまわれて
忘れられてしまっているものたちよ

ぼくのなかに降り積もって融けることのない
記憶の根雪が
静かな光を浴びて明るんでいる

丈高い赤いカンナの花が
どうかした拍子にぼくを訪れるのだ

（「丈高い赤いカンナの花よ」より）

思い起こす一瞬のなかに幸せがある。そして「美しいものに出逢ったとき」に、「美しい幸福のすべて」があり、そうして「現実が私たちのなかで生き」るのである。
また、詩「八月のボレロ」では、「透析に通う／送迎車にゆられ／窓外に流れ過ぎていく／ある秋の日の」こと。その朝の車窓から、「美しく輝くもみじ葉の一角が／一瞬／目の中に飛び込んできて／燃え上がるいのちの眩しさに／射られて目を閉じる」。

と出し抜けに
八月の海辺に佇む僕がいて
烈しい潮風に
しぶきが飛び
盛り上がっては崩れ落ちる
波の轟きが

高まりゆくボレロの旋律のように
耳を覆い尽くしたのだ

（「八月のボレロ」終連）

「美しく輝くもみじ葉」を一瞬目にして、老いてなお若かりし頃のような激しい生ーいのちの蘇りをみせる。辛さも悲しみも複雑な一切の感情の何もかもを飲み込んだように「ボレロの旋律」にわが身を焦がす。生の歓喜に立ち還らせるような清涼な佇まいがここにある。詩的感性をもって、こうして幸せと自由の呼びかけを明らかにしていく…。「幸せ」を求めることは罪ではない。そして詩は、薔薇の花のように美しくも哀しく自他の生を開花させ目覚めさせる…。だからこそ、ことばを用いて語ること認識することは、常に人間の複雑さによって人間の複雑さを切り開いていくことに繋がっている。詩人・佐古祐二は、そのことを知り尽くしているが故に、明るい方位に常に詩を佇ませていると、筆者の私には思われてならない。

吉田　定一（よしだ　ていいち）

一九四一年大阪府・羽衣生まれ。詩人・児童文学者。著書に童謡集『よあけのこうま』、詩画集『朝菜夕菜』『かってうれしいねこいちもんめ』、児童文学詩人選集『吉田定一詩集』、詩集『胸深くする時間』『記憶の中のピアニシモ』、絵本『かばのさかだちあいうえお』ほか多数。詩集『海とオーボエ』で、野間児童文芸賞奨励賞受賞。絵本『からすかららすかんさぶろう』で、厚生省中央児童福祉審議会特別推薦。

文芸誌「伽羅」主宰。総合詩誌「ＰＯ」編集委員。関西詩人協会会員・運営委員。「詩の実作講座」常任講師。高石市公民館企画委員。

あとがき

前詩集『ラス・パルマス』から九年余りが過ぎました。この間にできた一三〇を超える詩篇から左子真由美さんに選定・編集をお願いしました。そのなかからほんの少し入れ替えしてこの詩集『丈高い赤いカンナの花よ』ができあがりました。第五詩集です。

表紙絵は、ドイツの画家 Christian Rohlfs の「赤いカンナ」という絵だそうです。この

詩集にぴったりです。左子さんが探し出して
くれました。
解説を吉田定一さんにお願いしました。
私の思いを越えた解説文のお蔭で、今後の
詩作へと進むことができます。
すてきな本にしあげていただいて、お一人
お一人の手にお届けることができることをう
れしく思います。

佐古祐二

佐古祐二（さこ・ゆうじ）

1953年 和歌山市生まれ。
京都大学法学部卒、弁護士。
日本現代詩人会会員、関西詩人協会運営委員。
総合詩誌「PO」編集長。詩を朗読する詩人の会「風」世話人。
詩誌「詩人会議」「イリヤ」「軸」に所属。

既刊詩集　『いのちの万華鏡』（1995年　竹林館）
　　　　　『世界を風がふかなければ』（1997年　竹林館）
　　　　　『vieの焔』（2001年　竹林館）
　　　　　『ラス・パルマス』（2007年　竹林館）
評論　　　『詩人　杉山平一論　星と映画と人間愛と』（2002年　竹林館）
評論集　　『抒情の岸辺—詩を愛する人たちへ』（2012年　竹林館）

現住所　〒589-0023　大阪狭山市大野台7-14-1

詩集　丈高い赤いカンナの花よ

2016年9月1日　第1刷発行
著　者　佐古祐二
発行人　左子真由美
発行所　㈱竹林館
〒530-0044　大阪市北区東天満2-9-4　千代田ビル東館7階FG
Tel　06-4801-6111　Fax　06-4801-6112
郵便振替　00980-9-44593
URL http://www.chikurinkan.co.jp
印刷　㈱国際印刷出版研究所
〒551-0002　大阪市大正区三軒家東3-11-34
製本　免手製本株式会社
〒536-0023　大阪市城東区東中浜4-3-20

ISBN978-4-86000-337-1　C0092